COLLECTION FOLIO

Christian Bobin

Un bruit de balançoire

L'Iconoclaste / Gallimard

Christian Bobin est né en 1951 au Creusot.

Il est l'auteur d'ouvrages dont les titres s'éclairent les uns les autres comme les fragments d'un seul puzzle. Entre autres : *Souveraineté du vide, Le Très-Bas, La part manquante, La plus que vive, La Présence pure, L'homme-joie, La grande vie, Noireclaire, Un bruit de balançoire* et *La nuit du cœur.* Il a reçu le prix d'Académie 2016 pour l'ensemble de son œuvre.

Je rêve d'une écriture qui ne ferait pas plus de bruit qu'un rayon de soleil heurtant un verre d'eau fraîche. Ils ont ça, au Japon. Un de leurs maîtres du dix-neuvième siècle, Ryokan, est venu me voir. Vous verrez : il n'a qu'une présence discrète dans le manuscrit. Il se cache derrière le feuillage de l'encre comme le coucou dans la forêt. C'est que je crois qu'il est vital aujourd'hui de prendre le contrepied des tambours modernes : désenchantement, raillerie, nihilisme. Ce qui nous sauvera — si quelque

chose doit nous sauver —
c'est la simplicité inouïe
d'une parole. Ryokan,
je ne le connaissais
pas il y a deux ans. Et puis
je le découvre et je
revois des pans de ma
vie : moi aussi j'avais
trente ans, aucune place
dans le monde, comblé
de jouer pendant des

heures avec des enfants.
Moi aussi j'aimais —
et j'aime de plus en plus
à présent qu'ils sont
menacés — la course des
nuages, les joues timides
de l'automne, le bleu
bravache des étés. Je
n'ai pas écrit un livre
sur Ryokan mais un
livre _avec_ lui. C'est assez
simple : je ne crois qu'au

concret, au singulier. Aux maladresses de l'humain — pas au prestige des machines. Les livres sont des âmes, les librairies des points d'eau dans le désert du monde. Les lettres manuscrites sont comme les feuilles d'automne : parfois un enfant ramasse l'une d'elles, y déchiffre l'ampleur d'une vie en feu, à venir. Ce qui parle à notre cœur-enfant est ce qu'il y a de plus profond. J'essaie d'aller par là. J'essaie seulement.

Je suivais le cortège funéraire de mon dernier manuscrit. Le chemin était en pente, les cailloux rissolaient. Nous allions de l'été à l'automne comme on passe sans s'en rendre compte une frontière. Non : plutôt comme on marche sans les connaître sur d'anciennes tranchées. Le sol était rempli de guerres et mon cœur était en paix. Je suivais le corbillard invisible de mon manuscrit. Je l'avais relu la veille et, comment dire : c'était comme si j'avais regardé passer sur le fleuve de papier des troncs d'arbres flottant, s'entassant et ne bougeant plus. Mes mots ne donnaient qu'une lumière morte. J'ai ramassé les feuillets, tout jeté. C'est ce cortège que je suivais le lendemain. Les funérailles de mes trouvailles. L'enterrement se terminait au bout du chemin, près de la voiture qui mangeait son foin. Je suis rentré dans la maison où mon enfance m'attendait. Je me suis trouvé devant moi-même à huit ans. Je me suis donné un feutre. Tiens, écris, moi je vais me promener. Je reviendrai te voir quand tu auras fini. L'enfant-moi a souri puis il a plongé la tête, sa grosse tête butée, granitique, picorée de flammes, dans le papier blanc. Je suis sorti. Il m'a semblé qu'il écrivait des lettres. Il ne sait écrire que ça. Sa vie n'est rien qu'écrire. Le panda mange de l'eucalyptus, et lui de l'encre.

Chère Inconnue,

l'été est intolérant. Le soleil casse les vitres. La maison boîte. Les livres poussent partout, jusque dans les couloirs, comme des mendiants experts à trouver la meilleure place. J'aurais beaucoup de choses à faire mais je ne vois rien de plus urgent que de vous écrire.

J'ignore qui vous êtes. Je sais seulement que vous avez toujours été là, dès que j'ai donné ma main à l'écriture. Vous êtes ma vie absente qui vient manger dans ma main droite.

Dans un monastère zen chaque moine, à la fin du repas, laisse quelques grains de riz dans son assiette pour les oiseaux. L'écriture est ce geste.

Ryokan disait ne pas aimer la cuisine des cuisiniers, la calligraphie des calligraphes et la poésie des poètes. Je n'ai jamais mis les pieds au Japon mais je connais très bien ce pays. Je le connais par la goutte d'eau d'un silence qui éclate sur le carrelage d'un poème de Ryokan.

Ryokan s'est nourri de Dogen qui vivait des siècles avant lui. Dogen disait que les fleuves et les montagnes sont la voie du cœur. Il le disait à sa façon. Les fleurs lui confiaient des choses étonnantes. Au bord de l'étang de Saint-Sernin, il y a des fleurs orange nommées « dormeuses ». Nous sommes leur rêve. Il y a aussi des campanules qui tiennent des propos d'une douceur qui fait peur. Je ne crois pas à ce qu'on me dit. Je crois à la façon dont on me le dit.

Chaque instant, dit Dogen, tient la naissance et la mort dans sa main, comme l'athlète fait ses mouvements d'assouplissement ou comme le dormeur, une main derrière le dos, tâte son oreiller.

Quand j'étais petit — mais je suis toujours petit — Dieu habitait à côté de chez nous. C'était une femme lourde, vouée à son père. Elle aimait la musique d'opéra. On l'appelait « Mademoiselle ». Dieu pouvait prendre toutes sortes de formes. La plus brûlante était le visage de mon père dans les brouillards londoniens de sa maladie, quand il s'enflammait de bienveillance incrédule à la découverte d'un autre visage, un de ses enfants ou un inconnu, peu importe. Dieu se réfugie aussi dans les livres. Comme les abeilles dans une souche creuse du langage.

C'est l'été, le cirque des anges de passage dans votre ciel pour deux mois. Billets réduits pour les enfants. On se protège de la chaleur avec un éventail.

Celui qui attend au bout du quai de papier blanc et ne monte dans aucun train, seul dans la nuit étoilée — c'est celui-là qui écrit.

Ce qui me fait vous écrire est une chose infime comme le demi-sourire d'un ange.

Notre-Dame est si fraîche dans la lumière que je vois les chausses du dernier tailleur de pierre qui s'éloigne. Touchée par le soleil, la Seine éclate de rire. Sous les ponts, des cartons pliés. Ce sont les maisons des clochards. Les maisons de thé japonaises ont des murs de papier fin, des cloisons qui coulissent comme une phrase ouvrant naturellement sur la phrase suivante. Leurs habitants mangent et dorment à l'intérieur d'un poème. Je m'éloigne des cartons fatigués. Ce sont les poèmes de la vie malheureuse. Le ciel plaque sur mes yeux un bandeau de soleil. La lumière heurte les barques échouées des bouquinistes. Je cherche une phrase pour en faire ma maison.

Quelques poètes au fond d'un bac, bouches béantes comme des poissons tirés de l'eau. L'éternité a une odeur de vase. Je sauve trois carpes géantes.

La vie écrit au crayon. La mort passe la gomme. Le poème se souvient. Personne n'a meilleure mémoire qu'un poème.

Un scarabée sur le chemin. Bombé comme un grain de café, il boite. Son pas humilie tous les sages.

À Birmingham, un cimetière ceinture une église. Des tombes earl grey douces à l'œil, suaves à l'esprit avec un arrière-goût épicé de mousses et de premières feuilles mortes. Je découvre, gravés sur une tombe, le jour, le mois et l'année de ma naissance. Une femme repose là, morte le jour où je suis né, quand mes yeux perdant leurs écailles de tortue s'ouvraient au monde. Après quelques minutes je m'éloigne de mon double et de sa tombe anglaise grésillant dans la lumière comme une ampoule en souffrance.

En 1795, le père de Ryokan écrit un poème sur des fleurs entrevues dans le brouillard, accroche ce poème à la branche d'un saule, au bord d'un fleuve où il se jette et se noie. Ryokan gardera toute sa vie, entre sa chemise et son cœur, le poème de son père. Il y a ajouté ces mots : « si vous êtes dans le brouillard, que je serai heureux quand il s'éclaircira ».

Le cœur, quand il existe, se voit de loin : un mont Fuji dans la poitrine.

L'écriture doit venir nous chercher où nous sommes, nous sortir de la tombe de nos vies, faire revenir dans nos veines le sang vieil or de l'amour.

Le cœur, cette défaite prodigieuse.

Frère nuage,

la vie de mon père a commencé de se défaire comme toi, déchirée doucement, peu à peu, sur les bords. Je me souviens de ses yeux dans la nuit inhabitée de l'Hôtel-Dieu : deux anges en sueur d'avoir triomphé de sa mort à venir. Et l'amoureuse, nuage, l'amoureuse ! Je revois son avancée de soleil triomphant. Tout ce qui la précédait était elle, déjà : une bonne humeur de l'air, un frémissement de l'invisible. Quelle chance de ne plus pouvoir rien faire, juste mâcher et remâcher l'herbe sainte de son prénom. Et puis elle s'est effacée du bleu, c'était un jour d'été, on appelle ça « mourir » — moi je dis que c'est rejoindre la terre immaculée des poèmes.

La vie passe à la vitesse d'un cri d'oiseau. Et puis il y a cette lenteur hypnotique des nuages. Cette poitrine ouverte dans le bleu et ce cœur enneigé qui s'offre à notre cœur.

J'ai le corps lourd, je danse comme un ours. Ma tête est entre celle du boxeur et du bébé. Mon cœur est un nuage. Il va, il va, il va. Il connaît chaque silence des lacs de poèmes au-dessus desquels il plane.

Regardant sa robe déchirée par des semaines de vagabondage, Ryokan dit : « Rien dans ma poche. Tout pour la beauté du vent et de la lumière. J'ai dû faire une erreur dans ma carrière. »

À Crans-Montana au réveil, j'ai vu les nuages ceinturer la montagne. Je n'avais plus besoin de rien. Je n'étais plus personne. Il y a en nous une légèreté si grande que, si nous la laissions être, nous n'existerions plus — ou alors comme existent les poèmes et les portes dans les rêves.

Écrire — frapper l'une contre l'autre deux cymbales de silence.

Un jour il nous faudra traverser une vitre sans la briser. L'effort sera terrible, qui changera notre cœur en rayon de soleil. Mourir sans effrois est le privilège des nuages.

Combien de cieux verrai-je avant ma mort ? Et combien après ?

Les plus beaux opéras se donnent en secret. Enfant, j'écoutais dans le noir de ma chambre les voix des parents, parlant avec confiance de l'avenir. Aucun chef-d'œuvre ne m'a jamais donné autant de paix — à part toi, petit nuage, à part toi.

Marina,

je suis resté des années à ta porte, je n'osais pas entrer. Je croyais que tu n'aimais que toi, que tes feux de langage n'étaient que la dévoration d'un cœur par lui-même. Et puis j'ai compris que tu faisais ce travail de la pensée que les penseurs ne font jamais : secouer le vieux tapis du langage, le battre jusqu'à voir réapparaître dans sa trame la mystérieuse image de nos vies éternelles.

Quand je te lis, le bois de mon crâne se déplie comme les panneaux d'un triptyque où sont peintes la Russie en sang avec la fleur de neige de ton cœur.

Tu es épuisante comme une sainte.

Marina, je te cherche dans les feuilles mortes du calendrier. Ta dernière maison à Elabouga, ses murs étaient en bois de naufrage. L'ange a relevé ses filets. Tu faisais une belle prise. Et te revoilà, tes yeux dans mes yeux qu'un peu de neige enchante.

La vie, la percée volcanique de ses jonquilles, je ne la vois jamais mieux que dans tes carnets.

Ce que nous avons perdu repose dans les livres enneigés des poètes, aussi chez les premiers oiseaux de mars qui essaient leur chant comme les violons grincent en or avant le début du concert.

Le cœur est la seule destination. On y arrive quand on ne croit plus rien.

La neige avait pris le pouvoir. C'était dans les premiers temps où j'habitais la maison dans la forêt. Une nuit. La voiture roulait doucement dans le sous-bois. Un blanc très bleu couvrait le pré. Une housse de silence enveloppait la maison comme un fauteuil dans une pièce désertée. Tout arriva lentement comme dans un amour vrai : la fraîcheur blanche, la voiture calme qui commençait à freiner, nos souhaits d'une vie aussi contemplative que dans l'enfance, et la chouette effraie qui s'est arrachée délicieusement du toit, s'est envolée au ralenti comme une neige quittant la neige, ses ailes battant le grand silence du temps, lente à apparaître, lente à disparaître. C'est une des plus belles lectures que j'ai faite dans ma vie, car tout est lecture. Une avalanche de douceur avec la lune pour juge de paix. Les animaux sont des lettres qui traversent nos jours. Notre recours en grâce est dans leurs yeux. Le paradis est leur souplesse. Le poème de la chouette effraie que le crissement des pneus sur le sol durci avait inquiétée, je l'ai vu se perdre dans le noir gelé d'étoiles. Je n'ai jamais pu terminer ma lecture. Parfois, rentrant des courses, je vois un daim bondir par-dessus la route, relier les deux parties du bois. Le monde est rempli de poèmes affolés et d'assassins raisonneurs. C'était il y a dix ans. Combien de temps vit une chouette effraie ?

Dans le cœur de ses témoins : jusqu'à la fin du monde.

Jusqu'à la fin du monde, Marina.

Je me souviens de la neige tombant sur un livre que je tenais dans la rue. La danse indienne des flocons sur la couverture. La neige et l'encre — matières premières du paradis.

J'aimerais offrir à la poétesse Marina Tsvetaeva qui n'est plus que poussière la robe rose dont elle a rêvé toute sa vie.

Monsieur le forestier,

les arbres, chose inhabituelle, se taisaient. Aucun bruit dans la forêt, sinon le poème inlassable d'un ruisseau, sa petite voix claire : « Je disparais quand j'apparais. »

Vous finissiez de couper des arbres. C'était votre travail de faire disparaître quelques interlocuteurs du ciel. Vous alliez bientôt partir. Votre chien s'ennuyait dans la camionnette. Des branches abattues, empilées, étaient marquées de vert fluorescent. Dans l'Ancien Testament les anges mettent de semblables marques au front des maisons où bientôt la mort entrera. Il faudrait que j'invente une tapette à anges. Une douceur flottait en écharpe dans l'air. Je l'ai attrapée par le nez puis par la pensée. C'était le sang des martyrs, la splendeur arabique de la sève, l'âme parfumée du bois. Toutes les âmes donnent leur mieux à l'instant de l'arrachement.

Un merle s'est mis à chanter. Il était invisible mais l'entendre était le voir à son maximum. Il buvait l'univers. J'allais sur ce chemin de campagne avec ma vie usée au fond de ma poche. J'en reviens au début, disait le merle. La soûlante odeur du bois coupé disait la même chose. Toute blessure franche, tout air d'opéra risqué par un oiseau et toute parole assez dense pour mériter le nom de poème font douter la mort d'elle-même.

Je suis passé devant vous, j'ai fait quelques pas puis je suis revenu vous remercier pour le parfum multiplié, l'odeur sainte qui doucement montait au ciel. Ça me prend parfois : je vais vers un inconnu et je me mets sans aucune modération à lui parler des fins dernières de la vie dont je ne sais rien. Je vous ai effrayé une seconde. J'ai un curé dans la gorge, il faudrait que je tousse avant de parler.

Deux dominicains à table. Dieu reprend du melon.

Mère,

comment as-tu formé ma tête dans le secret de tes entrailles ? Comment, par quels songes jamais dits, as-tu modelé mon cerveau de façon à ce qu'un jour une phrase m'affole et me détourne de mes projets ?

Nos projets sont un labyrinthe de verre avec des traces de doigts sur les portes : le palais des glaces à la foire. Nous n'y entrons que pour en chercher la sortie.

Je pensais ce soir faire du courrier et me voilà perdu dans la forêt de Compiègne. Je rangeais des livres. Ils ont leur vie sauvage. J'ai un carton plein de Nerval. Je voulais y remettre une vieille édition jaune d'or décoloré. Je n'aurais pas dû m'asseoir. Je me suis assis, j'ai relu le chapitre IV de *Promenades et Souvenirs.* J'ai entendu le piège se refermer sur moi, au bruit sec d'une phrase — le même qu'entend le renard quand une de ses pattes vient d'être prise dans une mâchoire de fer. Il n'en sortira pas. Seul un nouvel amour a cette emprise. Il mourra sur place ou il lui faudra s'amputer de la patte captive. La phrase, je la recopie et c'est un délice de peindre la prison où je suis entré sans savoir, réentendre le claquement des mâchoires de l'encre, l'impossible guérison d'une plaie si belle : « Ce n'est pas un accident rare qu'un cheval échappé à travers une forêt. Et cependant, je n'ai guère d'autre titre à l'existence. » Le grand-père de Nerval, quand il était jeune homme, avait la garde de ce cheval. Un jour, il s'est assis au bord de l'eau, rêveur. Quand il s'est retourné, le cheval avait disparu dans la forêt de Compiègne. Grondé par son père, le jeune homme avait fui sa famille, était parti vivre ailleurs, loin, où il avait trouvé sa future épouse : la mère de Nerval était née de cette union, de cette fugue, de cette bête soudain et à jamais invisible, de cette rêverie au bord de l'eau sur laquelle du ciel et des nuages venaient prendre conscience d'eux-mêmes. Je vois ce cheval. J'entends son galop depuis la prison bienheureuse de ma lecture. La voix si douce de Nerval déchire mon cœur comme du papier : « Je n'ai guère d'autre titre à l'existence. »

Il faut avoir une force terrible pour supporter de lire un seul poème. Aller au-devant d'une phrase comme au-devant de sa propre mort. Accepter de n'être plus protégé par rien et recevoir le coup de grâce d'une parole claire en son obscurité.

Simplement dire la brièveté de l'éternel, très simplement et c'est le cœur qui s'affole comme une petite bête sauvage quand l'épervier fond sur elle.

Le cheval du songe m'a jeté bas, mère. Ma tête a éclaté. Je ferai ce courrier et demain j'irai chercher du pain mais ce ne sera que la promenade du prisonnier. Le cheval des poètes est sans cavalier. Il court sur les espaces gelés du monde, assez vite pour que son poids ne fasse jamais céder la glace. Le paradis est cette course, mère. C'est ma plus belle vie, écrire. D'ailleurs « je n'ai guère d'autre titre à l'existence ».

Monsieur le coucou,

il y a du jaune dans ton chant. Quand j'avais trente ans, je portais un gros pull jaune en acrylique du Creusot. Avec cette cuirasse rayonnante, je faisais concurrence aux bébés. Où est-il aujourd'hui, ce pull, dans quel cimetière des habits l'a-t-on mis, que je puisse m'y rendre ? Mon dieu, comme la vie change nos vêtements, faute de changer notre âme ! Eh bien ce jaune, tu me le redonnes. T'entendre, c'est sentir mon cœur tapissé d'or.

C'est rien, n'est-ce pas, ton chant. Dévalant une colline avec des enfants, après le passage d'une pluie, Ryokan découvre le bas de sa robe trempé. De ce rien il fait un poème. Les grands poèmes se reconnaissent au sourire donné quand on les lit. L'esprit n'a besoin de rien pour venir au monde mais de ce rien, il a vraiment besoin. Ton chant de quatre sous, à peine un chant, c'est ma loi, mon cœur, mon art. Ma seule pensée sur la vie. Je me souviens de cet ingénieur qui avait commandé en Orient à des centaines d'ouvriers. Son ami d'enfance fuyait l'école au printemps, pour ne pas manquer ce qu'il appelait « le mariage des oiseaux ». Cet ami est mort jeune et pauvre. L'ingénieur allait souvent dans le cimetière de campagne, fleurir sa tombe. Regarde, lui disait le vent. Regarde les yeux des têtes de mort. Regarde, le vrai trou noir de l'univers est là, dans ce que tu n'as pas su voir, cette giclée d'oiseaux et l'infini qui n'attendait que toi. Incline-toi devant celui qui a tout raté pour s'être émerveillé de tout.

N'être rien, peu y parviennent. On dit qu'ayant tout trouvé en lui, au plus blanc de la montagne de son cœur, aux neiges éternelles de son sang, ayant trouvé plus que tout, Ryokan est redescendu se mêler aux simples et aux perdus. Il ne leur faisait pas la morale et ne leur parlait pas des dieux. La silencieuse intelligence qu'il avait de la vie se communiquait à tous comme une guérison virale.

Ton chant, c'est le chant de celui que l'amour a gagné à sa cause perdue. Le petit cri des lumières dans la gorge de celui qui n'a pas demandé à vivre et craint de mourir.

Un fil d'or qui vogue dans l'air blanc de la page. Vous l'attrapez, vous le tirez et c'est un soleil qui vient.

Et par instants c'est l'ouverture du cœur à un autre monde dont je ne sais rien, sinon qu'il est mêlé à celui-ci comme l'air à la chevelure du saule pleureur.

Je connais une sonate où tu te caches — le concerto numéro 1 pour piano de Mozart, dans le second mouvement. Et j'ai surpris ton insolence innocente dans le dernier mouvement de la cantate BWV 198 de Bach. Derrière le feuillage des voix et des cordes. Tu n'y montres que le bout de ton bec, mais cette légèreté d'une détresse, cet angélique appel au secours, ce sang jaune du langage ailé : pas de doute, c'est bien toi. Les enfants abandonnés appellent ainsi dans la forêt des contes.

Dans son dernier poème, Ryokan a noté ce qui restera de lui après sa mort : les fleurs au printemps, les feuilles rouges en automne — et toi, ton chant en été.

Quelques pas dehors, un bol de thé vert à la main. Une jeune pluie se mêle à la promenade. Des petits jaillissements de diamants en surface du thé. Je bois une gorgée parfumée à l'eau du ciel. Ton chant soulève les dalles de l'air. J'ai toujours su que quelque chose manquait à la vie. J'ai adoré ce manque. Le printemps rouge des hortensias, le livre bleu des neiges, le miracle de l'arc-en-ciel, les chansons en or de quatre sous, j'accepte que tout disparaisse puisque tout reviendra. J'accepte de tout perdre et que, dans le temps passager de cette perte, le nid d'hirondelle que j'ai dans la poitrine soit vide, vide, vide, féeriquement vide et appelant.

Cher ami,

mais pour mériter ce nom de « cher ami », il vous faudra aller au bout de cette lettre et la comprendre toute. Vous m'invitez donc à voyager et à venir en Suède. Je me demande pourquoi vous tenez tant à me faire souffrir.

Je vais parfois à Paris. Les hommes d'affaires qui dans le train font gravement leurs additions sont mes frères perdus. Le poème est ce marteau rouge vif dans un boîtier qu'on voit à l'entrée d'un wagon. Ils parlent, parlent et ne brisent jamais la vitre du petit boîtier accroché dans leur âme, couvert de poussière. Paris n'est pas sans charme, mais pour vous dire : un jour, Ryokan, jouant à cache-cache avec les enfants du village, s'enfouit dans une botte de paille. Les enfants le cherchent, appellent, renoncent, s'en vont. Ryokan passe toute la nuit dans le tombeau solaire, retenant son souffle, certain que les enfants le cherchent encore. J'en suis là, mon ami. Depuis toujours. Dans la botte de paille.

Bien sûr la vie se moque de nos goûts. Elle dresse la liste de tout ce que nous n'aimons pas et elle en fait un plat qu'on apporte sur la table, devant nous. Toute réclamation serait inutile, d'ailleurs la servante a disparu, le patron est invisible et les autres clients s'extasient sur la nourriture. Il m'arrive donc de voyager pour répondre à des questions sur mes livres. C'est comme s'ils avaient été arrêtés sur la voie publique, emmenés dans un commissariat où je viens les sortir de ce mauvais pas. Je reviens chez moi harassé : pendant des heures j'ai soulevé le mont Blanc, je l'ai porté à bout de bras avant de le remettre en place, au millimètre près. C'est comme les fêtes, si vous voulez : le plus beau de nos fêtes, c'est quand elles s'achèvent et se défont lentement. La fatigue comme un lait sur les visages. Les « au revoir » sous la lune. Faire quelques pas sur le trottoir, pousser la petite barrière rouge du cœur et rentrer dans la maison d'un silence heureux de nous revoir.

Ils sont partout sauf en eux, ces gens qui font le tour du monde. Le plus long voyage que j'ai fait, c'était dans les yeux d'un chat. Les bêtes sont des anges. Leur silence est proche de celui des livres. Leur silence est de l'encre. Il porte une tunique de papier, une ceinture d'encre. Il entre dans notre cœur et il parle. De l'intérieur de nous. Sans mots. Les livres qui n'ont pas cette grâce ne sont que marchandises, pesanteur et poison. Les livres — anges, les livres — animaux s'endorment une joue plaquée contre la paroi intérieure de notre cœur.

L'enfant Ryokan passait tant de temps à lire que pour se moquer de lui les villageois l'appelaient « lampe allumée en plein jour ». J'ai passé mes années de jeune homme à lire, allongé sur un lit comme sur la planche savonnée où on couche les marins morts, prêts à glisser aux abîmes.

Les plus grands voyageurs, et peut-être les seuls, ce sont les morts. Je suis allé porter des primevères à ma mère mais sa tombe était vide. Je l'ai su en me relevant, après avoir posé les fleurs contre la dalle, à l'abri du vent.

Il y a quelqu'un en moi qui sait où et quand je dois aller. Derrière ses réticences, un trésor. Surtout ne rien faire qui pourrait amener de la tristesse. Je connais bien la Russie, figurez-vous. J'y vais souvent la nuit, écouter ses poètes assassinés. Un flocon de neige est mon passeport. Les aéroports se ressemblent, pas les poèmes.

Si vous comprenez cette lettre, si vous la comprenez vraiment, et si vous renoncez à me promener en Suède, menotté de gentillesse, alors oui, vous méritez ce titre d'« ami ». Et qui sait, peut-être nous verra-t-on un jour ensemble dans les rues de cette ville, incroyablement souriants.

Jeunes gens de Lodz,

la lune brille entre les branches d'un arbre comme un ballon d'enfant lancé trop fort.

Dans la campagne la nuit, quand il n'y a pas d'éclairage, les étoiles s'approchent et c'est comme une déclaration d'amour parce que leur lumière est sans perte. Ces étoiles, c'est tout ce que je sais de vos yeux.

Un jour en Pologne, dans la ville de Lodz, j'ai marché dans les rues qui furent celles de votre ghetto. Je ne savais rien de votre histoire. Je ne l'ai apprise qu'à mon retour. Il n'y avait aucune trace visible de votre martyre, aucune plaque, rien. C'est égal : j'aurais dû avoir le cœur d'entendre vos cris brûlant le ciel cinquante ans après. L'air garde mémoire de tout. J'étais gai, insouciant. J'aimais ce pays avec ses plaines égalisées par la truelle d'un ciel gris clair. Ces gens qui marchaient très tôt le matin sur les routes infinies, portant un sac sur lequel je n'aurais pas été étonné de lire : « paradis ». J'étais en accord avec tout et je vous ignorais. Le bonheur est un meurtre.

C'est une jeune exilée qui m'a parlé de vous. Elle tremblait dans le jardin, sa robe déchirée comme si elle avait traversé des barbelés, couru jusqu'à s'arrêter là, devant le pommier, à bout de souffle. Une fleur d'églantier — c'est ce qu'elle était mais elle m'apparut comme une reine perdue, la déesse du bref, si présente à elle-même et au monde qu'elle en devenait invisible. Elle baignait dans l'infini comme en témoignait le rose timide du bord de ses pétales, du tour de son jupon. Elle entrait en moi par ce qu'elle avait de blessé. Elle me parlait de toutes les déchirures du monde, d'une voix si radieuse que le ciel s'étonnait. Une fêlure rose dans le marbre du temps. Les jours ont passé. Elle a disparu, la petite mendiante de Lewis Carroll. Elle a disparu, mais pas sa vibration rose qui enflammait la nuit du monde. J'avais vu cette fleur et parce que je l'avais aimée, les enfers ne la prendraient pas. Vous savez, ce silence massif des enfers, ce rosier dont les roses sont de marbre et de cris étouffés. Dans le ghetto de Lodz je m'en veux de n'avoir pas entendu vos cris d'enfants détruits. Maintenant je saurais les reconnaître. Maintenant qu'une fleur d'églantier m'a appris la langue des absents, et que personne ne manque.

Pour sa couture, ma mère renversait sur la table noire une boîte en fer remplie de boutons de toutes les couleurs. Les boutons brillaient comme des larmes. La main qui fouillait, écartait, retenait était celle du Jugement dernier.

Ma main droite se détache de moi. Elle ouvre un livre de Ryokan : un poème écrit au septième mois de l'année 1830. Il dit qu'il est malade, qu'il ne mange plus, qu'il dort mal. Ma main se pose sur son front pour le guérir. Je crois que j'ai toujours écrit pour sauver quelque chose ou quelqu'un. Les lettres arrivent toujours à leur destinataire, même quand on ne les envoie pas, ou que leur destinataire n'est plus.

Les calligraphies de Ryokan ressemblent à ces filaments qui apparaissent entre le monde et nous, quand nous pressons nos pouces sur nos paupières closes.

Alors c'est vrai que désormais on ne verra plus d'écriture manuscrite, plus de main humaine et qui danse, nulle part, c'est vrai ?

Ces mandarines devant moi, dans l'assiette creuse, leur petite tête rasée de près, on dirait une congrégation bouddhiste dans la vallée. Robes orange et chuchotements moqueurs. Des boulets tombés du ciel qui se refont bravement en petite montagne. Elles sont le charbon de Dieu, son charbon à lui qui grelotte de ne pas exister. Je les aime. Ce que j'appelle aimer, c'est remercier pour une force donnée. Il y a celle qui a des taches et celle qui renvoie mieux la lumière que les autres. La vie est injuste, n'est-ce pas ? Elles sont vivantes, même celle qui a commencé à pourrir. Qui sait, elle a peut-être en elle plus de joie que nous tous. J'écris pour vous passer en contrebande sept mandarines.

Je tiens le feutre loin de sa pointe. Si j'appuie trop, ma phrase se brise.

L'humain est un tissu qui se déchire facilement.

À l'instant où j'arrache la dernière page du calendrier, les fantômes se serrent contre moi de peur d'être abandonnés sur l'autre rive.

Le grincement d'une balançoire vide résonne jusqu'à la fin du monde.

Mon bon Ryokan,

je n'ai rien fait de ma vie, rien, juste bâti un nid d'hirondelle sous la poutre du langage.

J'ai interrogé les livres et je leur ai demandé quel était le sens de la vie, mais ils n'ont pas répondu. J'ai frappé aux portes du silence, de la musique et même de la mort, mais personne n'a ouvert. Alors j'ai cessé de demander. J'ai aimé les livres pour ce qu'ils étaient, des blocs de paix, des respirations si lentes qu'on les entend à peine. J'ai aimé le silence, la musique et la mort pour ce qu'ils ouvraient en moi, cette clairière dans mon cerveau, ce trou dans les étoiles, un peu de vide, enfin. J'ai rejoint l'atelier des berceaux.

Fabienne, la couturière de Saint-Sernin, voulait faire ce métier depuis qu'elle avait six ans. Elle a sur son comptoir une machine à coudre — jouet, relique d'enfance. La première fois que l'absolu est descendu pour elle sur terre, il a pris forme de ce jouet aux teintes bleu lavande. Par le travail des mains on touche au ciel. Aussi en ne faisant rien de ses journées, comme toi, cher Ryokan.

L'automne prend comme un feu. Quelques pas dans la forêt. Des milliers d'événements flottent dans l'air au parfum de pourriture noble. Leur somme fait ce que nous appelons « rien ». En vérité il y a deux sortes de rien. Aujourd'hui un moine mendiant comme toi, on le chasserait à coups de pied dans les fesses, puis on reviendrait à ce rien surchargé qui met nos jours sous tutelle. Seul ce qu'on désigne du doigt d'un poème fait partie du divin de la vie. Un scarabée plus riche dans sa mort que Ramsès II, une petite machine à coudre pour les anges.

L'écriture s'enfonce dans le cœur du lecteur comme une aiguille de couturière.

C'est pour y faire entrer un jour miraculeux.

Je voulais te parler du feu ce matin, mais les flammes sont trop savantes pour moi. J'ouvre un livre de ton maître, Dogen. Aussitôt il est là, dans le salon. Il parle tout seul. Ses yeux sont des billes. Il regarde du dedans, là où sont montagnes, rivières et amours. C'est si beau de l'entendre et de n'y rien comprendre : ce rien est la fleur bouleversée du cœur. Ton maître avait pour maître un lotus. Je vois les diables qui s'agitent, vomissent des chiffres. Et j'entends Dogen. Le monde est un galet que lave l'eau glacée des poètes.

Hier devant l'épicerie, j'ai vu un canard traverser en se dandinant le passage pour piétons. Il n'est pas sorti des clous. Un notaire avec des plumes. Appliqué, grave, très lent, il portait sur lui le saint sacrement du sérieux, la fanfare du monde lourd. J'ai tellement ri en le voyant que plus rien de ta folie ne m'était étranger.

Nadejda,

viens t'asseoir à côté de moi me parler de ton homme. Un poète a le visage de celle qu'il aime. Te voir c'est le voir.

La bûche, gigot de bois brun, commence à rôtir. Mandelstam, ton époux assassiné dans un camp soviétique en 1938, réchauffe ses mains mortes au-dessus du feu. Je ne connais pas le russe. Le poème est un soleil. La traduction, une vitre sale. Les rayons la traversent.

Tu parles si bien de ces années maigres. Les femmes ont l'œil pour Dieu. Les détails vont vers elles comme les poussins vers la mère poule. Un drap mis à sécher, claquant au vent sur un fil, c'est la patrie des anges. Tes lèvres fortes, ton visage d'Indienne qui crachera comme un chat sauvage sur les Blancs jusqu'à son dernier souffle. Ton cœur où tu entasses les brouillons de ton homme — ce qui est appris par cœur, la police ne le prendra pas. Tu es belle, Nadejda, plus que belle d'aimer autant un homme qui ne sait qu'extraire des diamants de la gangue du langage. Ton cœur c'est la place Vendôme mais incendiée. Et cette rage pour la beauté, cette manière d'en faire un pain plus nécessaire que le pain.

J'entassais sur le comptoir de l'épicerie les paquets de nourriture : la petite colline des jours bénis. Ma main s'est faite trop rude et une botte de radis a dévalé la colline, est tombée de l'autre côté du comptoir. L'épicière a ramassé les radis en s'écriant : « Les pauvres. » Cette parole m'a ébloui autant qu'un poème de ton homme. Ce mot de compassion ennoblissait les radis rougeauds, engelures de feu avec leurs fanes saignant vertes, arrachées à la terre qui les serrait dans ses bras et leur chantait ses berceuses, transportés par les diables à essence jusqu'à ce comptoir pour en tomber misérablement, déprimés. Je suis rentré de l'épicerie, retourné en Russie. Les poèmes faisaient une colline de langage concassé. Des cristaux de silence. Un bagnard m'apprenait à regarder des radis.

« Compassion » est le mot royal. Ryokan aime beaucoup cette histoire découverte dans le Sutra du Lotus, livre qu'il lit et relit comme un enfant suce son pouce : un mendiant s'incline devant tous ceux qui le maltraitent en disant : « Je vous honore car vous avez en vous de quoi être des saints, d'ailleurs un jour vous le serez. »

C'est vers la fin qu'il trouve sa Nadejda, Ryokan. Une lettrée, la jeune Teishin. Elle lui rend visite. Il n'est pas là. Elle lui laisse un poème. Il lui répond par un autre poème. Et le petit infini se tricote ainsi, tu le sais : le partage du pain de l'invisible. La guerre paisible des amoureux. Deux enfants que les parents ne viendront plus jamais déranger dans leurs jeux et qui veilleront jusqu'à la fin des temps.

Teishin et Ryokan. Nadejda et Ossip. Certains couples se forment en plein vol. Ce sont les oies sauvages du cœur. Elles passent, elles passent. Nous ne surprendrons jamais leurs conversations mais il nous reste leurs écrits et d'ailleurs c'est ça, l'écriture : un reste.

Dora Diamant est le dernier amour de Kafka, peut-être le plus beau, celui qui fait rouler la pierre mise devant le cœur du poète. Le 11 juin 1924, elle s'effondre sur la tombe de son ami et la famille, pieuvre du monde, ne fait aucun geste, ne dit aucun mot pour elle.

Il n'est pas facile, votre travail. Toi et tes sœurs éternelles, je vous salue, Nadejda.

Vieil escalier,

si ce monde n'est que muraille, cette muraille a des lézardes, des fissures par lesquelles quelque chose passe qui n'a guère de nom, et c'est tant mieux.

Vieil escalier de la cour, tu étais cette falaise de ciment sur laquelle l'océan de mon enfance venait battre. Je m'asseyais pour lire sur ta troisième marche. J'ai tellement rêvé dans ta compagnie, assis sur ton échine préhistorique. Ta peau grise m'était la plus vive des couleurs. Si je trouve du charme à des lieux déshérités, c'est à toi que je le dois, à tes marches qui tournaient sans bruit, montaient loin dans le ciel — jusqu'aux neiges du mont Fuji.

J'entends les premières notes de Bach tomber sur mon cœur comme les morts entendent les premières gouttes de pluie sur leur tombe.

J'ai du courrier à faire. Il est important, c'est pourquoi je ne le ferai pas. Ces enveloppes dites « à fenêtre » — leur fenêtre n'ouvre sur rien. Je rassemble mes années autour de moi pour avoir plus de force. Il en faut pour ne rien faire. Le diable des modernes a décidé que nous serions tous, toujours, très occupés.

Dans le pré, un papillon brutal dans ses errances. Ses ailes claquent comme un livre qu'on ferme.

Lire quand on est enfant, c'est quitter sa famille et devenir jeune mendiant, tendre la main aux princes de passage. C'est aller en Sibérie, avec loups et cris de neige, si loin que votre mère ne vous retrouvera plus, criant « à table » dans le désert, loin, très loin du petit contemplatif aux yeux brun-vert gelés comme un lac.

La lecture est un billet d'absence, une sortie du monde.

Je m'assieds sur la troisième marche cimentée de ton cœur.

« Christian ne viendra pas ce soir. Il rêve. »

Mon pauvre bol,

ton cratère était blanc et cette blancheur sans éclat était l'uniforme de ton inexistence. Un bol aux cannelures framboise, venu d'une manufacture du nord de la France. Tu accueillais le thé noir du matin. Je te serrais entre mes mains, te volant sans scrupule ta chaleur. Tu avais la force d'un livre de prières : la brûlure transmise à mes mains me prouvait l'existence de Dieu, comme tout choc élémentaire entre le monde et ma chair. Dieu est à cette jointure. Mais tu me fais dire n'importe quoi. Je remets ta forme disparue devant moi et je continue.

Parfois, parce que tu étais vide ou que le thé s'était refroidi, je n'avais plus, en te prenant, aucune sensation dans les mains.

Dieu n'est plus par instants. C'est sa plus subtile façon d'être.

Les vaisselles usaient ton cratère blanc. Cette disgrâce t'exaltait. Je me souviens de maisons pauvres où on mangeait dans des assiettes ébréchées. Le ciel faisait le service. Et puis, je tarde un peu à le dire, il y a eu un accident. Un mouvement trop vif en te lavant, ta tête qui heurte l'évier. Nous sommes tous frères par cette tristesse d'avoir brisé ou perdu un jour une chose sans importance. Ryokan, quand il perd son bol à aumônes dans l'herbe en jouant avec les enfants, en conçoit du chagrin. Ce chagrin lui donne un poème. Ce poème lui redonne son bol. Découvrant dans l'herbe haute du poème le bol rempli d'air, je vois ce que le monde a perdu, cette petite chose sans poids, sans forme, qui éclaire toute la vie : le bol de mendicité de Ryokan.

Mon vieil ami framboise, tu étais beau de ne pas l'être. Le jour où tu as disparu fut celui de ton entrée dans mon cœur. Tu as mis du temps à devenir cette petite âme prolétaire à laquelle j'écris cette lettre. Un bol tout semblable à toi sort des chaînes des usines toutes les secondes mais la cristallerie royale du cœur demande du temps, beaucoup de temps pour engendrer un seul poème.

La vie est ce jeu où il s'agit d'approcher au plus près de soi sans s'en apercevoir.

Lové dans son carton pourri sur le seuil, le chat dort dans un luxe que les marchands ne savent offrir. Une patte déborde du carton. Elle est abandonnée à Dieu.

Hélène,

grand souvenir, immortel souvenir de cette place vilaine du Creusot où je t'avais accompagnée, toi et tes amis, en vélo. Car sur cette place, avec ses platanes aux oreilles d'éléphant, il ne se passait rien, strictement rien. Vous parliez si fort que plus personne n'était mort à deux kilomètres à la ronde. Les palais de vos rires d'enfants s'élevaient dans l'air en une seconde. J'appuyais mon vélo contre un platane et j'admirais le vide sentimental de la petite place. C'était dans un quartier ouvrier. Quelques rideaux bégayaient. Sur cette terre déshéritée qu'aucun roi ne viendrait jamais illuminer par sa visite, je vous regardais jouer, effondrer les raisonnements et les devoirs. Comme nous sommes bêtes de vouloir *meubler le temps* !

Plutôt laisser l'ennui, le merveilleux ennui monter à hauteur de nos mentons puis soudain nous engloutir et encore plus vite se retirer d'un coup : apparaît alors la féerique place sans qualités et les tigres de Sibérie, ces anges de l'ordinaire.

Ryokan n'était jamais aussi heureux que lorsqu'il jouait à la balle avec des enfants. On l'appelait « sa sainteté lanceur de balles ». Parfois un mort a tellement aimé la vie qu'il continue de la saluer et qu'il nous lance une lettre ficelée à un caillou par-dessus le mur infranchissable. Je ne connaissais pas Ryokan quand tu enchantais ma vie par les explosions solaires de ton cœur enfantin. J'ai attrapé sa balle et je te l'ai lancée. C'est sans doute ce que j'ai fait de mieux dans ma vie. Sans aucun doute.

Le Creusot, c'est dur, une boisson pour hommes — un cocktail de fer et de pierres. Dans la cour maternelle de mon cœur, ça crie dans tous les sens. Les feuilles de platane caramélisées par l'automne, les statues de l'île de Pâques marchant dans les rues jusqu'à leur bureau, les usines, leur toit en angles d'électrocardiogramme, les fougères de la campagne proche, avançant par bonds quand on ne les regardait pas, les livres, ah les livres et leurs conseils au soir, leur prévenance, cette manière d'accourir à mon chevet plus vite que les parents — tout et tous ont donné forme à mon visage.

Je veux passer ma vie à lire des poèmes en attendant que le grand Poète me cueille.

J'ai eu ton âge sur cette place. Huit ans. J'ai toujours eu l'âge de ceux qui m'enchantaient. Place royale du rien. Maintenant j'ai moins. Je suis un jeune whisky. J'ai deux ans d'âge. À peine. Je cherche l'adresse d'un nuage. J'ai une lettre pour lui.

Madame,

vous m'avez demandé ce que c'était que les anges. C'est vrai qu'ils s'attardent dans mes livres bien après la fermeture de l'encre. Quand les phrases dorment, ils veillent. Un jour, j'ai vu un enfant dont les camarades se moquaient parce qu'il voulait faire charcutier. Eh bien, vous ne me croirez pas, mais il avait déjà les joues rouges du futur charcutier. Un autre jour, par la fenêtre d'une maison où quelqu'un allait vers sa fin, j'ai vu l'avalanche d'une glycine bleu et blanc. Elle a échappé au martyre des saisons, cette glycine, maintenant qu'elle est en moi. Sa lignée céleste ne fait aucun doute. Je continue ? Oui, je continue car c'est en travaillant à vous répondre que j'apprendrai, peut-être, ce qu'est un ange.

La voix de mon père est en moi de plus en plus faible comme une onde radio qui s'éloigne : on est à côté de la fréquence, plus au centre. Cette voix craquait de soleil comme un vieux saphir. Un soir d'été, j'allume une cigarette que je lui tends. Le brasier sur lequel tire mon père, ce petit point de couture du rouge dans la nuit bleue, ni la mort ni les ans n'ont su l'éteindre.

Encore. Certaines phrases dans les livres. Oui, quand ces phrases sont au bord de la parole. Il est infiniment rare que quelqu'un nous parle et c'est aussitôt inoubliable. Nous voilà salués des pieds à la tête. Un rayon de soleil et un bloc de granit rose : vous voyez ce que fait leur rencontre, ces étincelles argentées ? C'est ce que je cherche en lisant.

Au premier poème, la roue dentelée du temps s'arrête. Je regarde la flèche trembler de fièvre au centre de la cible.

Lu Yu, au douzième siècle chinois, dit accorder sa vie aux mouvements du vent sur une oreille de cheval. L'écriture a cette souplesse.

Ma réponse ne serait pas complète si je n'ajoutais qu'on peut être parfois si présent à ce qu'on vit qu'il n'y a plus besoin de paradis — aucun mot ne suffisant pour dire la vie et la mort dépassées.

La vraie réponse c'est sans doute vivre, simplement vivre sans oublier de jouer. Les anges protègent les châteaux de sable, pas ceux de pierre.

Ah je n'arrive pas à être simple. Le mieux serait peut-être ceci : est un ange celui qui — animal, poème ou humain — remet la vie en vie.

Les rails rouillés du ciel et le tramway d'un songe qui me traverse, avec personne à bord.

Ma chère Âme,

j'ai entendu ta voix dans la nuit comme si tu venais de traverser ta mort dans l'autre sens et que cela t'avait épuisée, qu'il ne te restait plus assez de force pour faire un pas de plus.

Je dormais. Ta voix était retenue, presque hésitante, inquiète. Tu n'as rien dit, que mon prénom, comme si tu voulais simplement t'assurer que j'étais là. J'ai répondu de façon interrogative : « oui ? », puis les puissances du sommeil m'ont repris.

Les oiseaux dans la forêt récitent la liste des saints que nous ne sommes pas. La langue du chat brasse l'eau et la lune dans le bol. Les feuilles d'automne savent mon prénom. Il éclate sous mes pas. Quelqu'un dans les ténèbres nous appelle sans nous contraindre, ne nous demande rien sinon un sourire. La vie est terrible mais comment lui en vouloir ? Je lui souris comme la fleur fleurit et comme le nuage passe : pour rien. Pour l'amour du très précieux et très noble rien.

Les jours s'entassent comme des flocons de neige. Je n'ai pas tout déchiffré de ton appel dans la nuit. Ta voix semblait fraîche encore de la rosée de vivre.

Tu sais combien j'aime lire. J'en perdrais la vue de regarder les étoiles et les livres. Ceux-ci s'ouvrent en deux comme les fougères. Dans un dictionnaire du dix-septième siècle, on dit que les fougères portent, gravée sur leur racine, l'image d'un aigle aux ailes déployées. La vérité s'atteint toujours par un poème.

La théologie très gaie des gouttes de pluie. La savante douceur d'une brise. Les morts sont cette race généreuse qui se souvient de nous et invente des berceuses pour les vivants.

La patte de lion du soleil sur mon visage. Ne plus bouger et c'est l'éternité.

Tu n'es jamais revenue. Ta voix tremble dans ma mémoire comme la lune dans un seau d'eau.

Cher Messager,

je vous ai vu sortir des tranchées de l'invisible, seul, d'un pas lent, traversant les brumes d'un songe. Votre âme était devenue votre corps. Un saint sans signe distinctif si ce n'est une galette de vinyle tournant autour de sa tête.

Votre manière de traverser les pièces de votre maison de bois en prenant soin de ne renverser aucun ange. Vos mains qui n'en finissent pas de tâter le velours d'un silence, avant d'y découper une musique. Votre barbe qui descend de la montagne de votre crâne et vos yeux qui se moquent de vous-même. Vous n'avez aucune prétention. C'est votre point commun avec le vent qui ne trouve rien indigne de son contact — orties ou feuilles d'or.

Je vous ai vu annoter au crayon une partition géante comme un livre d'enfant.

Votre musique — une des dernières chances données à la pensée de vivre.

Jouez doucement, plus doucement, dites-vous à un chef d'orchestre. Ma musique vient d'un autre monde. Vous avez raison mais ce n'est pas seulement votre musique, c'est vous-même, votre squelette de cristal, vos mains en bois d'épicéa et votre humour qui venez d'un autre monde. Bach faisait de la musique un palais pour l'âme. Nous avons tout mis à bas. Ce qui nous sauve, ce sont les ruines de nos antiques confiances. Le radicalement simple. La vitre d'un silence rayée d'une note : tout peut être recomposé à partir de là.

Je suis un misérable, savez-vous, car il n'est pas possible d'être humain sans être misérable. Je bricole, je patauge. Enfin, pas moi : mon âme, qui est bien plus que moi. Elle n'en finit pas de déchiffrer les psaumes du bouleau et les contes des nuages. Le misérable que je suis fait ce qu'il peut de ses jours. Un incendie de poème. Le rire d'une éternelle vêtue d'un jean et d'une veste en cuir sur les chemins d'Isère. Et vous, cher messager, né en Estonie, apportant Dieu dans le paquetage de votre naissance, composant des chefs-d'œuvre qui font vieillir tous les chefs-d'œuvre et ne ressemblent à rien sinon à la dactylographie de la pluie sur un toit de tôle ondulée.

Mon père, c'était très difficile de lui faire un cadeau d'anniversaire. Quand on lui demandait ce qu'il voulait, il répondait : rien. C'est difficile de trouver rien. C'est hors de prix, loin du monde. C'est le cadeau que me fait votre musique et déjà votre manière de vous asseoir au fond d'une église, à la place des pauvres, pour entendre jouer une de vos œuvres.

Il y a une luminosité de l'effacement. Si je me penche sur un bouton-d'or luisant de rosée, je vois le bol de mendicité de Ryokan. Si j'écoute *Tabula rasa*, l'œuvre où votre âme pour la première fois sort à l'air libre, j'entends un effondrement du monde dans l'ouverture du deuxième mouvement. Quand la poussière retombe, on voit ce que voient les morts quand leurs invités sont partis et qu'ils restent seuls sous la voûte d'un silence. Ce silence est plus illuminé qu'un amour.

Je reviens à cette lettre. J'en étais sorti pour aller vérifier quelque chose dans la chambre, à cinq mètres de cette pièce. Un appareil diffusait votre *Alina*. De loin, à travers un mur, votre piano sonnait comme une horloge comtoise — quelque chose d'abandonné et de lancinant. Je n'aurais pas été étonné en revenant vers cette lettre de découvrir dans la pièce un orphelin à son piano, voire un nuage en suspension au-dessus de la table de chêne.

Lorsque j'écoute à bas bruit les premières notes de *L'Art de la fugue* de Bach, je vous découvre plusieurs siècles avant votre naissance — l'enfant caché dans un intervalle, retenant son souffle et comptant les étoiles sur le bout des doigts.

Votre *Te Deum* survole en bombardier la table du salon. Des bombes de silence éclatent. Une libération commence. Je reconnais votre ton entre mille, dès la première note descendue sur terre. Tiens, voilà quelqu'un qui m'aide à respirer comme font les arbres ou les nuages. Voilà mon frère. Des anges crient dans la lande. Une rafale d'amour les plaque au sol. Je crois que c'est ça, le paradis : une intelligence luisant comme une poignée de sel jetée dans l'air, une douceur farouche et une empathie avec les enfers.

J'entends dans votre musique quelqu'un qui appelle. Je connais ce quelqu'un. Il porte mon nom. Mais comme il est loin, terriblement loin !

Mademoiselle,

je n'ai hélas ! rien d'autre à vous offrir, pour votre enquête sur le voyage, que la vision d'un enfant de quatre ans accroupi devant l'explosion lente et silencieuse d'un pissenlit. Je n'ai pas fait un seul pas depuis l'enfance. Les féeries m'ont empêché d'aller plus loin. Ma rue natale s'appelait rue du 4-Septembre. Je suis resté là, à cette enseigne. Chaque jour contient tous les jours. Les milliards de papillons de la grande histoire venaient battre des ailes dans cette rue banale — comme ils le font partout. Je suppose qu'un nomade de Sibérie ou qu'un Indien d'Amazonie, tout à leur vie ordinaire aussi bien que l'enfant au pissenlit, quand ils font taire leurs soucis, entendent cogner à leurs tempes les tambours des empires, le cri des rois sous la hache et les chansons des lavandières. Pour peu que nous soyons attentifs à la cellule d'air dans laquelle nous respirons, nous sommes informés du monde entier, de ses origines à sa fin. Les voyageurs, qui admirent-ils, sinon la vie très ordinaire de ceux qu'ils frôlent ? Ma rue était en pente. À gauche, elle montait vers la campagne, à droite, elle s'éteignait dans l'usine. Je ne m'aventurais même pas à ses extrémités. Vingt mètres m'épuisaient et me comblaient. Une main pousse chacun dans sa vie. Nous ne sommes pour rien dans nos choix : moi, la main s'est plaquée sur mes épaules et m'a tenu là longtemps, très très longtemps. Je connais très bien l'alphabet des nuages, l'écriture des fissures sur les tablettes d'un trottoir. Je n'aime pas plus l'éloge des racines que celui des voyages. C'est ainsi : dans les yeux des Gitans et des Inuits je vois mes yeux et toutes les splendeurs brutales de ma rue. C'est inexplicable.

Peut-être cette lettre vous aidera-t-elle ou du moins, vous fera-t-elle sourire, ce qui serait une manière d'aide ?

Cher fantôme,

depuis combien de temps sommes-nous ensemble ? Depuis toujours sans doute, depuis ce jour où la main de l'air, empoignant mes poumons de nouveau-né, a défroissé leurs fleurs de papier rose d'un coup sec.

Tu es plus moi que moi. Tu es ce qui en moi mange du silence. Je t'entrevois lorsque j'écris. L'encre pique tes yeux ouverts sur l'immense et le rien.

Chaque personne a un secret qui se montre au soleil. Tu marches un mètre devant moi. Tu serres la main d'autres fantômes. Les amitiés vraies sont fondées sur ce sentiment inexprimable d'un autre monde.

L'éveil, je le trouve dans les fleurs. Certaines m'ont sauvé. Elles disposaient de peu de temps pour le faire, mais ce qui nous sauve n'appartient pas au temps. Un éclair dans le ciel bleu. Ce qui m'a le plus souvent réconforté c'était toi. Ton souffle arrête le monde et ma bêtise : la plupart du temps je suis engourdi et sentimental — jusqu'à ce que tu sautes en moi, par-dessus moi, comme un diable, berger, et que j'écrive enfin.

Je suis entré dans la chambre, j'ai regardé tous les livres au mur et j'ai eu honte : j'ai besoin de ça, moi, de tout ça ?

Enfant, avant la merveilleuse catastrophe d'apprendre à lire, je dévorais les pages de la lumière. L'odeur de rouille d'une rose ancienne me soûlait. J'aimais cette proposition que les fleurs font au premier venu, leur manière de pousser leur âme devant elles brutalement, comme font les timides. Leurs couleurs sont des pensées-buées, des pensées non encore fixées dans une formule.

Il y a plusieurs vies. La plus apparente est faite de briques de langage. Et puis il y a cette autre vie flottant au-dessus du monde comme les couleurs au-dessus des prés. Elle n'est pas faite de briques mais de vide, d'intervalles, de silence. Le mieux serait de parler le moins possible — ou alors comme fait le mimosa. Je pense à Satoshi Kôju, ce cinéaste japonais qui a laissé dans le dernier plan de son film trois petites fleurs blanches comme une lettre invisible pour son épouse. Je rassemble toute ma journée autour de cette pensée.

Il y a des choses très petites et très légères qui portent tout.

Le tremblement d'un pétale quand une goutte de pluie le heurte : c'est cette vibration que je cherche dans l'écriture, l'imperceptible inquiétude de l'âme en paix.

Ryokan parle d'un « bijou intérieur » qui n'est pas un bijou et n'est pas intérieur, ni rien de pensable. Juste quelque « chose » d'indispensable au souffle de la vie. Les couleurs des fleurs sont les éclats de ce bijou immatériel.

Les billes en terre qui roulaient dans ma cour d'enfance étaient d'un bleu perdu. De descendre en cascade l'escalier les avait blanchies. Parfois l'une d'elles disparaissait au milieu du gravier. Je ne la retrouvais jamais. Sous mes paupières, avant de m'endormir, quelque chose m'apparaissait de sa présence grêlée de bleu, comme un amour lointain et pur.

T'ai-je dit qu'on change parfois de cœur ? Le bleu caché des petites plumes du geai n'est plus mon amour. Je trouve plus mystérieuse cette couleur brune qui enveloppe son corps. Ma pensée, c'est d'aller de noyade en noyade. Englouti par la clarté brunie d'une gorge de geai, je mets du temps à revenir au monde. Au sortir de ma contemplation, je connais l'insouciance des ressuscités. Je passe mon temps à naître et à renaître, ce n'est vraiment pas sérieux. Je me souviendrai toute ma vie des deux agents d'assurances qui, invités par ma mère affolée de me voir au chômage, venaient me proposer du travail. Il y a des chemins qu'il ne faut jamais prendre. J'ai suivi la voie aérienne du rêve, la couleur des stellaires, la petite buée apparaissant-disparaissant de la bouche du bébé sur la planète argentée de la cuillère.

Après la mort de son père, Ryokan, dormant dans un fossé, rêve qu'un homme dont il ne voit pas le visage lui tend une branche de prunier à fleurs rouges. Cet inconnu s'aventure dans le labyrinthe de son cœur dont il semble connaître tous les détours. « Ce soir, la nuit est bonne, dit-il, parlons tranquillement de la vie. » C'est ça : parlons tranquillement de la vie puisque nous n'y comprenons rien. Une étoile, un renard ou un poème arriveront bien pour voir ce qui se passe, d'où viennent ces rires et toutes ces mains volantes.

Accoudé à la fenêtre, je le regarde lutter avec le vent. Il boxe l'air avec ses poings de cuir blanc. La mélancolie tombe au premier coup. Ce cerisier est mon ami. Il est vieux, cet ami. Il est très vieux. C'est un bébé, ce sage. Je t'ai vu, vieil homme, t'enfoncer dans le soir, lutter longtemps — non, pas lutter : *jouer* longtemps avec ce qui restait de jour dans le ciel tuméfié de mauve. L'avalanche généreuse de tes fleurs. Quand je t'ai vu, juste avant le meurtre du noir, le dogme du néant, quand je t'ai regardé à peine essoufflé par ta journée, défiant tous les peintres de saisir ta présence, j'ai vu l'arbre moteur de l'univers, le père de tous les hommes, la chemise grande ouverte de l'ange et toutes les fleurs à la place du cœur, blanches, si blanches dans la nuit noire.

Les gouttes de pluie sur la vitre ont un bombement argenté et une bordure laiteuse. La pluie s'arrête. Les gouttelettes ne partent pas tout de suite. Elles forment une voie lactée cloutée. Elles semblent figées comme parfois nos vies. Puis l'une se met en route. Il est difficile de ne pas penser qu'elle va vers sa mort. La jeune élue, poussée par le vent, s'éloigne de ses sœurs idolâtres, crispées dans une fausse immortalité. La petite vivante avec sa joie muette glisse en oblique vers l'abîme, dans l'angle de la vitre encadrée d'acier froid. Voilà. C'est fini. Vivre n'est rien d'autre que donner sa lumière, traverser la voie lactée des épreuves, disparaître — et continuer, car telle était la parole qui ce matin se fracassait en dizaines de gouttes d'eau sur la vitre insensible d'un train entre Paris et Genève : aucune lumière donnée ne se perd. Nous sommes des paillettes d'or détachées d'une statue vivante. Nous sommes des instants de son souffle, des pollens de sa voix, des petites gouttes de pluie qui prennent le train sans billet jusqu'à l'éternel qui est ceci, ici, maintenant.

Cher penseur,

j'aime votre tourment même si je ne le partage pas. Vous reprochez au poète Jean Grosjean d'avoir suivi dans le langage une voie désastreusement simple, soumise à la chimère d'une parole qui filerait droit de l'âme à l'âme. De cette voie vous dites qu'elle est un délaissement du feu obscur de la poésie. Mais cette simplicité est la source des éclairs. J'admire que ce poète ait délaissé les pis de la vache formelle, ce lait noir des premiers textes (certes odorants, crémeux d'obscurité) pour le quasi-néant d'une transparence de rosée. Ses derniers chants le couronnent sans qu'il le veuille à l'égal d'un Lao-tseu : le poème est d'autant plus présent que le poète est absent. Aucune trace là-dedans de catéchisme. Juste la baguette de noisetier de la vie, souple et nerveuse, cinglant le vide. Ce n'est rien ce souffle, oui, mais ce rien est l'apothéose de la poésie, sa vraie gloire qui n'est d'aucune église. J'ai eu un soir la gorge serrée par l'intervalle entre deux notes de *L'Art de la fugue* de Bach. J'ai la même angoisse-délivrance (la délivrance commence toujours par une agonie) en lisant ces poèmes. Il me semble qu'un brin d'herbe me convoque au tribunal de Dieu — même si je ne sais définitivement pas ce qu'est Dieu. D'ailleurs, je m'en moque. La poésie, cher penseur, est un instrument d'optique autrement plus fin que les télescopes qui grattent le nombril du ciel. Elle est cet amour qui meurt de se dire. Elle est ce souffle qui explose après notre dernier souffle. Les Indiens, les Inuits, les bébés à quatre pattes touchent le ciel du babillage de leurs lèvres, de l'arc-en-ciel de leurs danses, du raffinement de nommer le flocon de neige soixante-dix fois, avec soixante-dix nuances d'âme. Ils touchent le ciel par le poème. Jean Grosjean a commencé par être poète. Puis il a lâché ce confort pour devenir la poésie. Quand je lis ses ultimes recueils, ce n'est plus lui qui me parle. C'est le vent sur la tombe de mes parents. Un miracle doit être le sommet du naturel, du « ça-va-de-soi » : j'entends, sur la tombe navrante de mes parents, le poème du silence.

La poésie nous donne du pain. Sans elle nous mourrions de faim. Cc pain, émiettons-le, lançons-le aux moineaux. C'est leur bec qui dactylographiera le plus sûr des poèmes sur la terrasse : tac tac tac !

Merci pour votre colère. Elle est vie.

Lydie,

tu riais. Tu disais des choses invraisemblables et justes. Elles sonnaient contre l'air bleu comme une hache contre le tronc d'un arbre — et tu riais. La vérité est folle. La vie est une fugueuse aux yeux verts de prairie. Le chemin descendait à la rencontre d'autres chemins. Un soleil sans cravate rôdait. Et tu riais. Tu riais de tes propres pensées, de tes défaites éblouissantes. Le rire est notre drapeau troué, celui que l'ennemi jamais ne nous prendra. Par instants je me crois au paradis et c'est sans doute que je viens d'en sortir. Le rire vient aux filles comme le feu à la prairie. Je te voyais rire, donner congé au Dieu du Vatican, ouvrir les bras au dieu émeraude de l'air. C'est à cet instant que la vision s'est faite. Tu riais, un arbre était ton témoin le plus proche et devant cet arbre, éclairés par un projecteur céleste, des moucherons allaient dans la lumière, montaient et descendaient, descendaient et montaient. Ces moucherons étaient les notes d'une partition de Jean-Sébastien Bach. Des notes délivrées du papier à musique, insoucieuses de servir la messe, descendant et montant dans un rai de soleil. Ils ne faisaient aucun bruit les moucherons divins, et pourtant je les entendais, je goûtais à leur cantate inédite, inouïe. Sans doute j'étais au paradis où tout dansait, les cristaux du soleil, les insectes ivres du savoir de la vie brève, et toi, ton rire qui détruisait la mort, rouvrait dans le langage les grandes eaux d'une joie enfantine. J'allais oublier la mousse. Importante, la mousse. Elle habillait luxueusement le bas de l'arbre, adoucissait le sort de quelques pierres bossues, granitiques sorcières. Nous étions près du Morvan, à l'entrée ouest du paradis que ne gardait personne. Les moucherons jouaient comme des fous, descendaient, montaient dans le puits de lumière. Tout cela a duré moins de temps qu'il n'en faut pour l'écrire. Ce qui est gagné dans l'esprit, c'est pour toujours que c'est gagné. Vois-tu, je trouve cette vie parfois terriblement triste. Elle sonne faux. Tu comprends : ce que disent le monde et ses rebelles sonne faux. La tristesse vient du sentiment inexplicable d'être trompé. Et voilà que le ciel reprenait ses couleurs, du sang remontait dans nos cœurs scellés — parce que tu riais, parce que les moucherons jouaient une partita pour sous-bois, parce que la verte charité des mousses apaisait l'ombre et le diable. Malheur à moi qui ne sais pas écrire de la musique. J'aurais aimé recopier les taches noires des moucherons sur le papier de l'air, j'aurais aimé faire ce sage travail de copiste, qu'ensuite des cordes, des cuivres, des alouettes de voix chantent et magnifient la cantate du bois plein d'ombres, et l'aigle du soleil planant dans ton rire, dans tes yeux, dans ton âme. L'âme est ce qui résiste au monde et à nous-mêmes, ma belle. L'âme, ce moucheron ivre de soleil et de musique savante, est un printemps qui passe et rit de passer, une chansonnette de Jean-Sébastien Bach.

CHRISTIAN BOBIN

PRIX D'ACADÉMIE 2016

Aux Éditions Gallimard

LA PART MANQUANTE (Folio n° 2554)

LA FEMME À VENIR (Folio n° 3254)

UNE PETITE ROBE DE FÊTE (Folio n° 2466)

LE TRÈS-BAS (Folio n° 2681). Grand Prix catholique de littérature 1993 et prix des Deux-Magots 1993

L'INESPÉRÉE (Folio n° 2819)

LA FOLLE ALLURE (Folio n° 2959)

DONNE-MOI QUELQUE CHOSE QUI NE MEURE PAS. *En collaboration avec Édouard Boubat*

LA PLUS QUE VIVE (Folio n° 3108)

AUTOPORTRAIT AU RADIATEUR (Folio n° 3308)

GEAI (Folio n° 3436)

RESSUSCITER (Folio n° 3809)

L'ENCHANTEMENT SIMPLE et autres textes. *Préface de Lydie Dattas* ((Poésie / Gallimard n° 360)

LA LUMIÈRE DU MONDE. Paroles réveillées et recueillies par Lydie Dattas (Folio n° 3810)

LOUISE AMOUR (Folio n° 4244)

LA DAME BLANCHE (Folio n° 4863)

LA PRÉSENCE PURE et autres textes (Poésie / Gallimard n° 439)

LES RUINES DU CIEL (Folio n° 5204)

UN ASSASSIN BLANC COMME NEIGE (Folio n° 5488)

LA GRANDE VIE (Folio n° 6009)

LA PRIÈRE SILENCIEUSE. *En collaboration avec Frédéric Dupont*

NOIRECLAIRE (repris avec CARNET DU SOLEIL en Folio n° 6498)

LA NUIT DU CŒUR

PIERRE

Dans la collection « Écoutez-lire »

LA PART MANQUANTE (2 CD)
LA FOLLE ALLURE (1 CD)

Aux Éditions Lettres Vives

LE HUITIÈME JOUR DE LA SEMAINE
L'ENCHANTEMENT SIMPLE (repris avec LE HUITIÈME JOUR DE LA SEMAINE, L'ÉLOIGNEMENT DU MONDE et LE COLPORTEUR en Poésie / Gallimard n° 360)
L'ÉLOIGNEMENT DU MONDE
L'AUTRE VISAGE
MOZART ET LA PLUIE
LE CHRIST AUX COQUELICOTS
UNE BIBLIOTHÈQUE DE NUAGES
CARNET DU SOLEIL (repris avec NOIRECLAIRE en Folio n° 6498)
LE CHRIST AUX COQUELICOTS
LA MURAILLE DE CHINE

Aux Éditions Fata Morgana

SOUVERAINETÉ DU VIDE (repris avec LETTRES D'OR en Folio n° 2681)
L'HOMME DU DÉSASTRE
LETTRES D'OR
ÉLOGE DU RIEN
LE COLPORTEUR
LA VIE PASSANTE
UN LIVRE INUTILE
ÉCLAT DU SOLITAIRE

Aux Éditions du Mercure de France

TOUT LE MONDE EST OCCUPÉ (Folio n° 3535)
PRISONNIER AU BERCEAU (Folio n° 4469)

Aux Éditions Paroles d'Aube

LA MERVEILLE ET L'OBSCUR

Aux Éditions Brandes

LE FEU DES CHAMBRES

Aux Éditions Le Temps qu'il fait

ISABELLE BRUGES (Folio n° 2820)
QUELQUES JOURS AVEC ELLES
L'ÉPUISEMENT (Folio n° 5919)
L'HOMME QUI MARCHE
L'ÉQUILIBRISTE

Aux Éditions Théodore Balmoral

CŒUR DE NEIGE

Aux Éditions de L'Iconoclaste

L'HOMME-JOIE (Folio n° 6341)
UN BRUIT DE BALANÇOIRE (Folio n° 6680)

Aux Éditions Poesis

LE PLÂTRIER SIFFLEUR

Aux Éditions de l'Herne

L'AMOUR DES FANTÔMES

Livres pour enfants

CLÉMENCE GRENOUILLE
UNE CONFÉRENCE D'HÉLÈNE CASSICADOU
GAËL PREMIER ROI D'ABÎMMMMMME ET DE MORNELONGE
LE JOUR OÙ FRANKLIN MANGEA LE SOLEIL

Composition Nord Compo
Impression Pollina
à Luçon, le 23 octobre 2019
Dépôt légal : octobre 2019
1er dépôt légal dans la collection : août 2019
Numéro d'imprimeur : 91815

ISBN 978-2-07-283242-0./Imprimé en France.

364649